LA ESF

La fiesta de la escuela

Autores: Ch. Touyarot y M. Gatine.
Ilustración: M. Bridenne
Adaptación y coordinación editorial:
    Carmen Rodríguez Eyré.
    Emilia Hernández Pérez-Muñoz.

Edita desde 1866
Magistério

Los alumnos del colegio
han trabajado mucho
para la fiesta.
Han preparado muchas cosas para los
visitantes:
Una tómbola, una obra de teatro,
puestos con golosinas como los de las
verbenas.

Son las tres.
Los padres empiezan a llegar.
Los niños los presentan unos a otros.
Aquí están, son los papás
de Leticia.
"Estos son mis papás", dice Enrique.

La tómbola está junto a la entrada.
A Javier le toca girar la rueda.
"¡Señoras y caballeros!...
¡Atención!
¿Todos tienen ya un número?
¡Premio para el número 2! ¡Una muñeca
para esta señora!"

En la clase de los de octavo
Felipe pone diapositivas
de un fin de semana en la nieve.

Se ven las clases de esquí,
las primeras caídas,
y la montaña espléndida,
cubierta de nieve.

Un poco más lejos, en una piscina de plástico
llena de agua, está Nicolás.
"Aquí se pueden pescar peces de verdad
¡Señores!"
"¡Miren! ¡Prueben suerte!"
Pero los peces han comido demasiado
y están durmiendo la siesta.

Nicolás está dispuesto
a despertarlos.
Se inclina para chapotear
en el agua.
Pero resbala y se moja la cara.
¡Qué risa!

¡Cuánta gente!
Paula con sus padres
vende cacharros de barro cocido.
María, tarta y zumos de frutas.
Marta, cuadros hechos con
semillas pegadas
y con hilos.

En otra clase
otros niños juegan al ajedrez.
¡Qué silencio!
Los mayores enseñan jugadas difíciles
a los pequeños.
Están tan serios que nadie se atreve
a interrumpirlos.

Cerca del escenario se nota
mucho movimiento.
Los actores se disfrazan:
Isabel de princesa,
Federico de arlequín,
Rafael de payaso.

Se maquillan:
azul en los ojos,
rosa en las mejillas,
rojo en los labios.
Rafael se pone además
negro en las cejas
y blanco en la frente.
¡Parece un payaso de verdad!

¡Ta, ta, ta channn...!
Empieza la función.
Rafael saluda al público:
"La obra que vamos a representar
se llama 'El zapato de arlequín',
la hemos escrito nosotros.
La Señorita Belén sólo ha corregido
las faltas de ortografía."
Todos aplauden.

Federico sale a escena con Isabel
"Buenos días, Señora",
dice, y al hacer una reverencia
se le cae el sombrero.
Lo quiere coger,
pero se le tuerce la peluca.
Los espectadores se divierten.
"Buenos días, Caballero", contesta Isabel.
"¿Qué desea?"
"MMMMMM... tengo una *nuena bonicia*
una *buena noticia*, que daros."

Federico está nervioso,
se le olvida qué tiene que decir.
Isabel le apunta...
¡Ya se acuerda!
Lo dice deprisa... ¡demasiado
deprisa!

Los espectadores son buenos.
Aplauden mucho.
Ha sido un día estupendo
pero todo termina...
Se termina también la fiesta de
la escuela.